MW01103549

ANATOLE QUI NE SÉCHAIT JAMAIS

TEXTE: STÉPHANIE BOULAY

ILLUSTRATIONS: AGATHE BRAY-BOURRET

fonfon

À TOI QUI TE SENS DIFFÉRENTE, DIFFÉRENT.
TU ES PARFAITE, TU ES PARFAIT.
COMME TU ES.

S. B.

MON PETIT FRÈRE
VENAIT TOUT JUSTE D'AVOIR
QUATRE ANS ET IL PLEURAIT. C'EST
CE QU'IL FAISAIT TOUJOURS, PLEURER.
LE MATIN, IL PLEURAIT. L'APRÈS-MIDI,
IL PLEURAIT. IL PLEURAIT MÊME EN MANGEANT,
MÊME EN DORMANT, MÊME QUAND IL FAISAIT
BEAU SOLEIL ET QUE TOUT LE MONDE ÉTAIT
CONTENT EN SE DISANT BONJOUR.

PAPA ET MOI, NOUS RÉPÉTIONS SON NOM TOUT
EN NOUS TORDANT DE GRIMACES :

— ANATOLE, ANATOLE.

IL PLEURAIT.

NOUS NOUS BARBOUILLIONS
LE VISAGE DE MILLE COULEURS
EN FAISANT DES CRIS D'ANIMAUX
POUR LUI.

IL PLEURAIT.

NOUS INVENTIONS DES CHANSONS
TRÈS TRÈS DRÔLES EN NOUS SECOUANT
DE TOUS BORDS TOUS CÔTÉS :

— IL ÉTAIT UNE FOIS UN PETIT POLISSON

FRIPON QUI CHANTAIT HIHÂÂ ! HI HÂÂÂ ! ♪

IL CONTINUAIT DE PLEURER.

NOUS LUI DEMANDIONS :
– ANATOLE, POURQUOI TU PLEURES ?

Anatole répondait :
– Sais pas.
Toujours la même réponse.
– Sais pas.

MÊME PAPA ÉTAIT DÉCOURAGÉ ET NE SAVAIT PLUS
OÙ DONNER DE LA TÊTE. IL RESTAIT DES HEURES
À LA TENIR DANS SES MAINS ET À NE RIEN DIRE.
IL NE S'OCCUPAIT PRESQUE MÊME PLUS DE
MOI ET JE SENTAIS QU'IL ALLAIT BIENTÔT
PLEURER FORT COMME ANATOLE.

C'EST CERTAIN QUE MOI, RÉGINE BIBEAU, JE
SUIS PLUS GRANDE, DONC JE PEUX M'OCCUPER
DE BEAUCOUP DE CHOSES TOUTE SEULE:
BROSSER MES DENTS, MES CHEVEUX, ME FAIRE
DES TRESSES- POISSONS, PENSER AUX ARBRES
QUI SE PRENNENT POUR DES CHOUX-FLEURS.
JE PEUX AUSSI LIRE DES LIVRES QUI ONT
BEAUCOUP DE MOTS, DESSINER DES OTARIES,
ÉTUDIER LES MOUSTIQUES AVEC UNE LOUPE,
CHOISIR MES ÉPAISSEURS DE VÊTEMENTS
ET SOIGNER MES ANIMAUX DE COMPAGNIE.
MAIS DES FOIS, J'AURAIS AIMÉ AVOIR UN PAPA
À LA TÊTE QUI TIENT TOUTE SEULE ET UN PETIT
FRÈRE AUX YEUX SECS POUR ALLER FAIRE DES
PROMENADES ET BOIRE DES JUS DE FRUITS
AVEC DES PAILLES AU DÉPANNEUR.

ANATOLE NE SÉCHAIT PLUS JAMAIS JAMAIS, ALORS
IL A BIEN FALLU TROUVER CE QUI N'ALLAIT PAS. J'Y
AI PENSÉ LONGTEMPS. PUIS J'AI EU UNE IDÉE.

J'AI PRIS TOUTES SORTES DE CRAYONS: DE BOIS,
DE CIRE, DES FEUTRES, ET AUSSI DES PINCEAUX
ET DES COULEURS À MOUILLER AVEC DE L'EAU.

3

J'AI RASSEMBLÉ TOUT ÇA SUR LA TABLE DE
LA CUISINE. ET J'AI DESSINÉ. ET J'AI PEINT.
TOUTE LA JOURNÉE.

UNE IMAGE PAR CHOSE QUI PEUT FAIRE PLEURER
UN PETIT GARÇON. TOUTES LES CHOSES TRISTES
OU ÉPEURANTES QUI ME PASSAIENT PAR LA TÊTE,
JE LES AI INVENTÉES, AVEC MES COULEURS :

UNE TÊTE AVEC
DES ÉCLAIRS ROUGES
QUI FONT BOBO

DES BRAS, DES
JAMBES, DES PIEDS
QUI FONT BOBO

UN VENTRE AVEC DES
ÉCLAIRS ROUGES QUI FONT BOBO

DES DENTS
QUI FONT BOBO

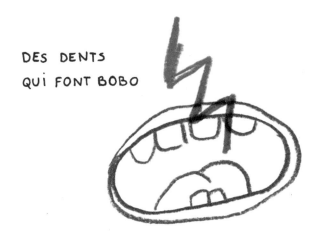

UN MONSTRE BLEU ET JAUNE

SOUS LE LIT DE PAPA

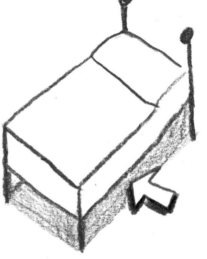

NOTRE GARDIENNE LOLA (QUI
RESSEMBLE À UNE MARTIENNE)

UN GROS CHIEN
PAS GENTIL

UN FANTÔME

LA NUIT

UN PLACARD

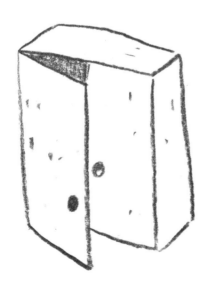

MAMAN (QU'ON NE CONNAÎT
PAS BEAUCOUP, MAIS QUE J'AI
RÉINVENTÉE EXPRÈS)

J'AI MONTRÉ MES DESSINS À ANATOLE ET JE LUI AI DEMANDÉ DE M'INDIQUER CE QUI LE FAISAIT PLEURER TRÈS FORT. MAIS IL N'Y AVAIT RIEN, ET ANATOLE PLEURAIT ENCORE PLUS FORT. SAUF QUE, APRÈS, ANATOLE S'EST CALMÉ ET M'A DEMANDÉ UNE FEUILLE ET DES CRAYONS DE CIRE. ET LÀ, QUELQUE CHOSE D'EXTRAORDINAIRE EST ARRIVÉ.

IL A DESSINÉ UN PETIT GARÇON QUI LUI RESSEMBLAIT
ET IL A BIEN PRONONCÉ :

— ANATOLE.

— OH ! ANATOLE, C'EST TON NOM QUI TE FAIT PLEURER ?

— NON, C'EST ANATOLE.

— AH BON ?

D'ABORD JE NE COMPRENAIS RIEN. MAIS, PLUS TARD,
J'AI ENCORE EU UNE IDÉE. J'EN AI PARLÉ À MON PAPA.

—PETIT PAPA. JE PENSE QU'ANATOLE PLEURE PARCE
QU'IL N'EST PAS CONTENT D'ÊTRE ANATOLE.

PAPA NE ME CROYAIT PAS VRAIMENT. IL
RÉPÉTAIT QUE C'ÉTAIENT DES CHOSES, DES
SENTIMENTS TROP COMPLIQUÉS POUR MON
PETIT FRÈRE. MAIS JE ME SUIS ENTÊTÉE,
MÊME S'IL NE CHANGEAIT PAS D'AVIS.

JE SAIS QUE JE SUIS ENCORE UNE ENFANT,
MAIS AVEC CE QUE JE CONNAIS, MÊME SI
CE N'EST PAS BEAUCOUP, J'IMAGINE QUE
JE PEUX COMPRENDRE DES CHOSES UN PEU
IMPORTANTES DANS LA VIE.

UNE FOIS, MACHA LALONDE M'A DIT, À L'ÉCOLE, QUE J'AVAIS UN GROS VENTRE ET QUE JE DEVRAIS ARRÊTER DE MANGER DES FRITES. SA MAMAN LUI AVAIT APPRIS QUE LES FRITES FAISAIENT GROSSIR ET QUE CE N'ÉTAIT PAS TRÈS JOLI, POUR UNE FILLE. DONC, EN RENTRANT À LA MAISON, JE ME SUIS REGARDÉE DANS LE MIROIR POUR OBSERVER SI C'ÉTAIT VRAI, CE QUE MACHA LALONDE AVAIT DIT. ET C'ÉTAIT VRAI, J'AVAIS UN VENTRE QUI REBONDISSAIT, COMME UN BALLON.

ALORS MOI, RÉGINE BIBEAU, POUR LA PREMIÈRE
FOIS DE TOUTE MA VIE, JE N'ÉTAIS PLUS CONTENTE
D'ÊTRE RÉGINE BIBEAU, ET ÇA M'A FAIT PLEURER
FORT DANS LE NOIR. TELLEMENT FORT QUE PAPA
M'A ENTENDUE ET EST VENU ME DEMANDER CE
QUI N'ALLAIT PAS.

MON PETIT PAPA M'A APPRIS QUELQUE CHOSE
QUE JE N'OUBLIERAI JAMAIS :

— RÉGINE, TU AIMES COURIR, NAGER, DANSER,
LIRE, CHANTER ET DESSINER, PAS VRAI ?
— VRAI !
— ET TON CORPS TE PERMET DE FAIRE TOUT ÇA
PARCE QU'IL EST FORT, SOUPLE ET EN SANTÉ,
PAS VRAI ?
— VRAI !
— ET TU AIMES BOIRE DES JUS DE FRUITS ET
TU AIMES MANGER DES LÉGUMES, DU POULET,
DU RIZ, ET QUELQUEFOIS DES FRITES ET DU
CHOCOLAT POUR LES OCCASIONS SPÉCIALES,
PAS VRAI ?
— VRAI !
— SENS-TU QUE TON CORPS EST CONTENT DE
CE QUE TU LUI DONNES À MANGER ? TE
MONTRE-T-IL QU'IL EN EST HEUREUX EN
TE FAISANT GRANDIR ET RIRE ET GAMBADER
COMME UNE ANTILOPE ?
— OUI !

— ALORS ÉCOUTE-LE, ET TANT QUE TON CORPS SERA CONFORTABLE ET AGILE, TANT QU'IL SE MONTRERA CONTENT DE L'INTÉRIEUR, ALORS TU SERAS FORTE ET JOLIE COMME TOUTES LES AUTRES PETITES FILLES ET TOUS LES PETITS GARÇONS DE LA TERRE ÉGAL. PARCE QUE L'IMPORTANT, CE N'EST PAS CE DONT TON CORPS A L'AIR, C'EST COMMENT IL TE PORTE ET TE POUSSE À FAIRE TOUT CE QUE TU AIMES DANS LA VIE. LAISSE-LE ÊTRE LE REFLET DE TON MERVEILLEUX JARDIN INTÉRIEUR !

J'AI TRÈS BIEN COMPRIS CE QUE PAPA VOULAIT
DIRE. AH! ÇA OUI. ET SI C'ÉTAIT VRAI POUR MOI,
C'ÉTAIT PEUT-ÊTRE AUSSI VRAI POUR MON FRÈRE.
MAIS ANATOLE AVAIT-IL UN CORPS CONFORTABLE?
EN LE REGARDANT, JE POUVAIS PENSER QUE OUI.
ÉTAIT-IL AGILE, SAVAIT-IL JOUER, SE PROMENER,
DESSINER? OUI. ALORS, QU'EST-CE QUI RENDAIT
ANATOLE MALHEUREUX D'ÊTRE ANATOLE?

UN JOUR QU'ANATOLE ÉTAIT EN PLEURS, COMME D'HABITUDE, JE LUI AI DEMANDÉ S'IL AIMAIT SES PENSÉES.

S'IL PENSAIT SOUVENT À DE BELLES CHOSES
COMME LES INSECTES, LES TULIPES ET LE
POP-CORN. SI ÇA LE FAISAIT MOINS PLEURER,
MÊME RIEN QUE POUR CINQ MINUTES.
MAIS ANATOLE NE SAVAIT PAS.

ALORS J'AI MIS MA MAIN SUR SES YEUX, POUR
QU'IL FASSE NOIR DANS SA TÊTE, ET J'AI ESSAYÉ
DE LE FAIRE PENSER À DE BELLES IMAGES.

JE LUI AI PARLÉ DU GAZON, D'UN BALLON
DE PLAGE, D'UN BEAU CHEVAL BRUN PÂLE
ET DE SUCRE D'ÉRABLE.

ANATOLE PLEURAIT TOUJOURS.

UNE AUTRE FOIS, J'AI DEMANDÉ À ANATOLE
S'IL AIMAIT SES VÊTEMENTS. D'ABORD, IL NE
SAVAIT PAS TROP. ALORS ON A REGARDÉ DES
CATALOGUES DE MODE ENSEMBLE. ANATOLE
AIMAIT BEAUCOUP LES SALOPETTES, LES BOTTES
DE COWBOY, LES JUPES ET LES CHANDAILS DE
BASEBALL. J'AI CONVAINCU PAPA, ET ON A
DÉCIDÉ DE LUI COMMANDER DES VÊTEMENTS
QU'IL AIMAIT.

(PAR CONTRE, AU DÉPART, PAPA NE VOULAIT
PAS ACHETER LA JUPE JAUNE. IL DISAIT QUE
C'ÉTAIT POUR LES FILLES COMME MOI ET PAS
POUR LES PETITS FRÈRES. MAIS JE LUI AI FAIT
REMARQUER QUE, MOI, JE PORTAIS BIEN DES
PANTALONS LONGS ET DES CHANDAILS COMME
LUI ET COMME ANATOLE, ET IL A RÉPONDU QUE
J'AVAIS RAISON, QUE C'ÉTAIT VRAI.)

ALORS HOP ! ON A COMMANDÉ LA JUPE, ET TOUT
LE RESTE.

ANATOLE N'A PAS PLEURÉ DE NOUVEAU CETTE JOURNÉE-LÀ.

LE LENDEMAIN, J'AI DEMANDÉ À ANATOLE EN PLEURS S'IL
AIMAIT SON CŒUR. COMME IL NE SAVAIT TOUJOURS PAS,
ON L'A ÉCOUTÉ BATTRE ENSEMBLE AVEC MES OUTILS
D'INFIRMIÈRE. SON CŒUR SEMBLAIT À LA BONNE PLACE
ET SUIVAIT LE BON RYTHME OU, EN TOUT CAS, LE MÊME
QUE LE MIEN. C'ÉTAIT UNE CHANCE, JE N'AURAIS PAS
AIMÉ QU'IL NE FONCTIONNE PAS BIEN. JE N'AURAIS PAS
PU LE SOIGNER, MÊME AVEC MES OUTILS.

UNE AUTRE FOIS, JE LUI AI DEMANDÉ S'IL AIMAIT
SES JOUETS, ET ON A FAIT LE TOUR DE TOUS NOS
JEUX, EN MONTAGNE SUR LE PLANCHER.

JE LUi Ai DiT DE PRENDRE CEUX QU'iL AiMAIT
ET DE LAiSSER CEUX QU'iL N'AiMAiT PAS.

IL A CHOISI PLUSIEURS CHOSES : SON CAMION
DE POMPIERS, NOS CAHIERS À COLORIER,
MA POULICHE ARC-EN-CIEL, MA MACHINE À
BARBOTINE, SON COFFRE À OUTILS, MA BAGUETTE
MAGIQUE ET NOS ARAIGNÉES EN GÉLATINE.

IL NE VOULAIT PLUS DE SON CERF-VOLANT, NI
DE SON CASQUE DE CONSTRUCTEUR, NI DE
SES LEGO, NI DE SES FIGURINES D'ANIMAUX
DE LA JUNGLE. ÇA TOMBAIT BIEN, J'AVAIS ENVIE
DE LES PRENDRE, ALORS ON S'EST AMUSÉS AVEC
NOS JOUETS ÉCHANGÉS JUSQU'AU SOUPER,
ET ANATOLE AVAIT L'AIR BIEN CONTENT DE
SES TRÉSORS.

ON A RASÉ LES CHEVEUX D'ANATOLE SUR
LES CÔTÉS ET ON A LAISSÉ POUSSER UN PEU
LE DESSUS (ET MOI, J'AI EU DROIT À DEUX
MÈCHES ROSES, UNE DE CHAQUE BORD). MON
INSTITUTRICE, MADAME MARCELLE, A VOULU
QUE JE REMETTE MA TÊTE COMME CELLE DES
AUTRES. ALORS PAPA A PASSÉ UN MAUVAIS
QUART D'HEURE À L'ÉCOLE À SE CHICANER AVEC
ELLE DANS LE BUREAU DE LA DIRECTRICE POUR
QUE J'AIE LE DROIT D'ÊTRE DIFFÉRENTE DE LA
CHEVELURE. JE LES ENTENDAIS DU CORRIDOR,
MADAME MARCELLE CRIAIT QUE JE NE SERAIS
PAS UN EXEMPLE POUR LES AUTRES AMIS
SI JE DEVENAIS TROP SPÉCIALE. (CERTAINES
PERSONNES ONT VRAIMENT DE DRÔLES D'IDÉES.)
PAR CONTRE, NOTRE GARDIENNE LOLA A
ADORÉ NOS COIFFURES, À ANATOLE ET À MOI,
ET NOUS A COMPLIMENTÉS BEAUCOUP.

ON A REPEINT LA CHAMBRE D'ANATOLE
EN JAUNE SOLEIL ET LA MIENNE EN VERT
POMME, PLUTÔT QUE LE BLEU AZUR ET
LE ROSE BARBE À PAPA D'AVANT.

ANATOLE A AUSSI COMMENCÉ À PORTER SES
NOUVEAUX VÊTEMENTS EN LES SUPERPOSANT:
LA SALOPETTE, LA JUPE, LE CHANDAIL DE
BASEBALL, DANS UN ORDRE DIFFÉRENT
CHAQUE JOUR.

JE LUI AI DONNÉ MES BRACELETS EN PLASTIQUE
MULTICOLORES ET MES LUNETTES FUMÉES DE
SUPERHÉROS POUR COMPLÉTER LE TOUT. IL ÉTAIT
TRÈS BEAU, TRÈS COLORÉ. CE N'ÉTAIT PAS
COMME D'HABITUDE, ET IL NE RESSEMBLAIT PAS
AUX AUTRES PETITS GARÇONS DE D'HABITUDE.

JE VOYAIS SURTOUT LA DIFFÉRENCE
DANS LES YEUX DES GENS : DANS LA RUE,
À L'ÉPICERIE, AU PARC, AU CINÉMA,
LES GENS NOUS REGARDAIENT BEAUCOUP
PLUS SPÉCIALEMENT QU'AVANT.

CERTAINS NOUS CLIGNAIENT DE L'ŒIL, MAIS
CERTAINS RICANAIENT ET D'AUTRES NOUS
FAISAIENT LES MÊMES YEUX QUE MACHA
LALONDE, EN CHUCHOTANT AVEC LA BOUCHE
EN FORME DE PELURE DE BANANE.

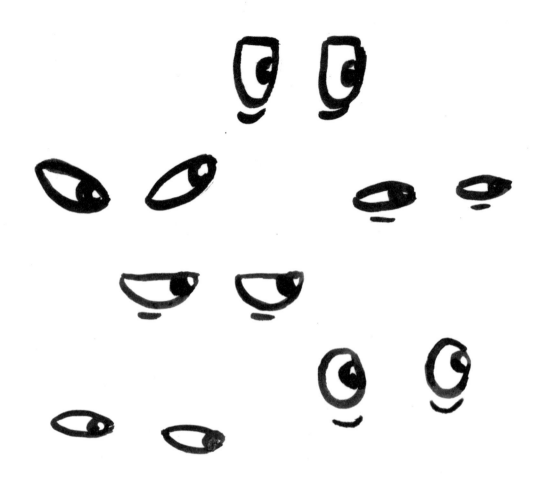

ANATOLE ÉTAIT TROP PETIT POUR LE REMARQUER,
MAIS PAS MOI, ET SURTOUT PAS PETIT PAPA.
SAUF QUE PAPA ÉTAIT GENTIL AVEC EUX ET LEUR
DISTRIBUAIT DES « BONJOUR! BONJOUR!»
PLEINS DE JOIE AU PASSAGE.

NOS JOURNÉES ÉTAIENT TRÈS ORIGINALES ET
ÇA NOUS FAISAIT BIEN RIGOLER, TOUS LES TROIS.
NOTRE FAMILLE AU COMPLET AVAIT CHANGÉ.
MOI AVEC LE ROSE DE MES CHEVEUX,
ANATOLE AVEC SA COUPE DE ROCK-AND-ROLL,
ET PAPA QUI AVAIT MOINS SOUVENT LA TÊTE
DANS SES MAINS.

BIEN SÛR, MON PETIT FRÈRE PLEURE ENCORE,
PARFOIS, LE MATIN, OU LE SOIR, OU LES DEUX.
JE CROIS QUE C'EST PEUT-ÊTRE PARCE QU'ON
PEUT S'EXPRIMER DE L'EXTÉRIEUR DE NOTRE
MIEUX, MAIS QU'IL Y A SÛREMENT DES CHOSES
COMPLIQUÉES DANS LE JARDIN DE L'INTÉRIEUR
QU'ON NE PEUT PAS RÉPARER FACILEMENT. ALORS,
ANATOLE ET MOI, ON S'AMUSE À INVENTER DES
PAYSAGES À ARROSER DANS NOS CŒURS, OÙ LES
FLEURS SE MÉLANGENT, AUTANT LES GÉRANIUMS
ET LES MARGUERITES QUE LES PISSENLITS (QUI
SONT TROIS BELLES SORTES DE FLEURS MÊME SI
ELLES SONT DIFFÉRENTES, ET MÊME SI ELLES NE
SENTENT PAS NÉCESSAIREMENT LA ROSE).

LA VIE NE SERA PAS TOUJOURS FACILE COMME
DANS LES HISTOIRES DE PRINCESSES OU DE
FÉES (QUE JE N'AIME PAS TELLEMENT, DE
TOUTE FAÇON).

MAIS CHAQUE FOIS QU'ANATOLE SE FAIT LANCER
DES ROCHES PAR LES PLUS GRANDS, AU PARC,
CHAQUE FOIS QUE MACHA LALONDE ME FAIT
UNE GRIMACE, CHAQUE FOIS QUE PETIT PAPA
SE CHICANE AVEC UN ADULTE QUI LUI DIT DES
BALIVERNES, CHAQUE FOIS QUE JE M'ENNUIE DE
MAMAN, CHAQUE FOIS QUE MADAME MARCELLE
ME DIT D'ARRÊTER D'ÊTRE DANS LA LUNE POUR
UNE FOIS, JE M'IMAGINE QU'EN GRANDISSANT,
IL ARRIVE QU'ON DEVIENNE SEC ET CASSANT
COMME DE LA BROCHE À FOIN ET QU'IL FAUT
FAIRE ATTENTION.

– IL ÉTAIT UNE FOIS UN PETIT POLISSON FRIPON Q...

ALORS JE DISTRIBUE DES « BONJOUR!
BONJOUR! » COMME JE LE PEUX. ALORS JE
CHANTE. ALORS JE CHATOUILLE ANATOLE SOUS LE
BRAS. ALORS JE REGARDE MA FAMILLE À MOI ET
JE ME DIS QU'ENSEMBLE, TOUS LES TROIS, MAIN
DANS LA MAIN, ON S'ENTEND TRÈS TRÈS BIEN
(ÇA RIME).

FIN

**Catalogage avant publication de
Bibliothèque et Archives nationales du Québec
et Bibliothèque et Archives Canada**

Boulay, Stéphanie, 1987-, auteure

Anatole qui ne séchait jamais / Stéphanie Boulay, auteure ;
Agathe Bray-Bourret, illustratrice.

(Histoires de vivre)
Public cible : Pour enfants de 6 à 10 ans.

ISBN 978-2-923813-73-8 (couverture rigide)

I. Bray-Bourret, Agathe, illustrateur. II. Titre.
III. Collection : Collection Histoires de vivre.

PS8603.O935A62 2018   jC843'.6   C2018-941618-1
PS9603.O935A62 2018

Tous droits de traduction, d'adaptation et de reproduction,
sous quelque forme que ce soit, en partie ou en totalité,
sont réservés pour tous les pays. Entre autres, la reproduction
d'un extrait quelconque de ce livre, par quelque procédé que ce soit,
tant électronique que par numérisation ou par microfilm,
est interdite sans l'autorisation écrite de l'éditeur.

© Stéphanie Boulay, Agathe Bray-Bourret, Fonfon, 2018
Réimpression 2021
Tous droits réservés

Direction éditoriale : Véronique Fontaine et Joëlle Landry
Conception graphique : Camille Savoie-Payeur
Révision : Sophie Sainte-Marie
Correction : Marie Pigeon Labrecque

Dépôt légal : 4e trimestre 2018
Bibliothèque et Archives nationales du Québec
Bibliothèque et Archives Canada

Fonfon
info@editionsaf.com
editionsfonfon.com

Distributeur : Messageries ADP

Imprimé au Québec sur papier certifié FSC®
de sources mixtes

Remerciements

Pour le premier regard et le premier élan,
merci à Jennifer Tremblay. Et pour les premières lectures,
merci à Nadine Boulay, à Mathis Bouffard et à Samuele.

S.B.

Pour son appui à travers le processus éditorial, Fonfon
tient à remercier l'organisme Enfants transgenres Canada.

Nous reconnaissons l'aide financière du gouvernement du Canada
par l'entremise du Fonds du livre pour nos activités d'édition.

Nous remercions le Conseil des arts du Canada de l'aide
accordée à notre programme de publication.

Nous remercions le gouvernement du Québec de l'aide
financière accordée à l'édition de cet ouvrage par l'entremise du
Programme de crédit d'impôt pour l'édition de livres – Gestion SODEC,
ainsi que par l'entremise du Programme d'aide aux entreprises
du livre et de l'édition spécialisée.